À PERTE DE VIE

de **Jacques Prévert**

Petit carnet de mise en scène
de Cécile Bouillot

GALLIMARD JEUNESSE

Sommaire

Le Tableau
des merveilles

Personnages

CHANFALLA	LE GENDARME
CHIRINOS	LE GARDE CHAMPÊTRE
L'ENFANT	PLUSIEURS HOMMES
LE PRÉFET	UN VIEILLARD
LE SOUS-PRÉFET	JUANA
LE MENDIANT	UN AUTRE VIEILLARD
LE CAPITAINE CRAMPE	TÉRÉSA
LES TROIS NOTABLES	JUAN
LE CASSEUR DE PIERRES	LES SPECTATEURS
LE PAYSAN	LES VIEILLARDES

PREMIER TABLEAU

Autrefois, en Espagne.
Un couple de voyageurs s'arrête au beau milieu d'une place déserte, en plein soleil.

CHANFALLA

Enfin! nous voici arrivés quelque part.

CHIRINOS

N'est-ce pas la ville que nous cherchions?

CHANFALLA

Tais-toi, douce idiote, dans ce pays le nom des villes et des villages est inscrit sur les girouettes au lieu d'être inscrit sur les bornes... On suit la flèche, mais le vent tourne, la girouette tourne et on est perdu à nouveau. C'est comme si les villes se sauvaient... Impossible de mettre la main dessus. Enfin nous en tenons une de ville, cramponnons-nous, incrustons-nous et n'oublie pas, Chirinos, mes avis : principalement celui que je t'ai donné à propos de ce nouveau tour qui doit avoir autant de succès que le dernier.

CHIRINOS
Tout est gravé dans ma mémoire, Chanfalla.

CHANFALLA
Tais-toi, tu me fais rigoler. Si tu avais, comme tu dis, de la mémoire, resterais-tu avec moi puisque je te roue de coups chaque fois que le désir m'en prend, et c'est-à-dire souvent !

CHIRINOS
Je t'ai connu un vendredi treize. Tu vois, j'ai la mémoire des dates, mais je n'ai pas celle des coups...

CHANFALLA
Au fond, tu restes avec moi parce que tu aimes les artistes... *(Il l'embrasse.)*
Soudain, ils sont interrompus par une musique crispante, monotone, aigre, parfaitement insupportable et d'une grande tristesse.

CHIRINOS, *tournant sur elle-même et se bouchant les oreilles.*
Oh ! voilà que ça recommence, je vais devenir folle ! Folle si ça continue, folle si ça s'arrête, folle si ça recommence et si ça continue... Pourquoi avons-nous enlevé cet enfant, Chanfalla, pourquoi ?

CHANFALLA
Les bohémiens, les comédiens ambulants, les montreurs d'ours, les saltimbanques ont toujours volé des enfants, c'est la coutume. Il faut toujours suivre la coutume.

CHIRINOS
Pourquoi?

CHANFALLA, *souriant.*
Parce que c'est la coutume!
La musique continue.

CHIRINOS
Oh! la coutume, la coutume...

CHANFALLA, *éclatant de rire.*
Cesse de geindre, imbécile triste. Cet enfant jouera de la musique pendant que nous présenterons aux notables du pays notre admirable Tableau des merveilles.

CHIRINOS
Assez! Assez! Cette musique est atroce : elle racle, elle grince comme la craie sur l'ardoise...
La musique cesse. Arrive un enfant.

L'ENFANT
On fait la musique qu'on peut. Avant d'être avec

vous, j'étais enfant martyr, on me battait sur les oreilles, elles sont décollées aux trois quarts. Je suis couvert de cicatrices, ma viande est déchirée, ma musique aussi est déchirée : décollée, elle a les nerfs à vif... mais c'est tout de même une musique, un bruit à entendre. Vous avez volé l'enfant, vous avez volé la musique avec... écoutez-la. Pour le prix que vous me payez, je ne peux tout de même pas vous jouer les grandes orgues du bonheur céleste avec les anges qui bavent de joie et le grand-père éternel qui fait la bamboula.

CHANFALLA

Tais-toi, avorton, fous le camp et tiens-toi prêt pour le Tableau... ou plutôt non, reste, car voici les gens du pays qui arrivent en traînant la jambe. Souriez tous les deux avec le sourire de la politesse, inclinez-vous avec les gestes de la déférence...

Trois hommes s'approchent et Chanfalla les interpelle avec déférence.

CHANFALLA

Je baise les mains de vos seigneuries, je m'incline, nous nous inclinons tous les trois et je dis en vous désignant de la main : voilà des hommes et non des moindres... À leur façon de marcher et de s'arrêter, je devine qu'ils sont les chefs !

LE PRÉFET, *béat.*

Nous le sommes en effet, si le pays marche, c'est un peu grâce à nous. Que voulez-vous, homme honorable ? Je suis le préfet, voici le sous-préfet et le capitaine Crampe qui s'occupe de la gendarmerie... Notre ville est petite mais elle est peuplée de gens heureux. Les gens heureux n'ont pas d'histoire. Nous mangeons régulièrement... Et je vais bientôt marier ma fille avec le sous-préfet.

LE SOUS-PRÉFET

Il y aura un grand banquet, de la musique, un bal, des lumières, beaucoup de lumières.

Il est interrompu par un mendiant hirsute.

LE MENDIANT

Braves gens, comme on dit, faites-moi la charité, donnez-moi vingt sous pour hier, vingt sous pour aujourd'hui, vingt sous pour demain, et vous serez tranquilles pour trois jours... Passons la monnaie, ne perdons pas notre temps... Trois fois vingt sous ça fait trois francs !

LE CAPITAINE CRAMPE, *subitement furieux.*

Pourri, mendigot, crasseux, grabataire, sors de mes yeux, disparais, viande pauvre, bas morceau !

Il se jette sur lui et le frappe.

LE MENDIANT

Oh! vous frappez un mendiant... Quelle honte! Un mendiant, un homme en dehors des autres, un qui ne demande rien à personne, sauf l'aumône naturellement... *(Il hurle.)* Et vous le frappez sur la tête, c'est absolument dégoûtant... *(Il s'arrête résigné subitement.)* Frappez si vous voulez, mais donnez-moi mes trois francs... *(Il hurle à nouveau.)* Mes trois francs! mes trois francs!! mes trois francs!!!

LE PRÉFET

Je vous en prie, capitaine, cela fait mauvais effet. Donnez-lui ce qu'il demande.

LE CAPITAINE CRAMPE

Hein?

LE PRÉFET

Chacun vingt sous, si vous voulez.

Tous les trois se fouillent et donnent l'argent au mendiant.

LE MENDIANT, *comptant l'argent.*

Merci bien de votre bon cœur, mes braves amis.

(Soudain il sursaute et hurle.)

Il n'y a que deux francs cinquante!

LE PRÉFET

Hein?...

LE SOUS-PRÉFET, *un peu confus.*

Je n'ai donné que cinquante centimes. Je ne suis que sous-préfet...

LE PRÉFET, *complétant la somme.*

Je regrette d'avoir promis ma fille à un avare.
Le mendiant s'éloigne.

LE SOUS-PRÉFET

Il n'y a pas de petites économies, il n'y a que de sottes gens.

LE PRÉFET

C'est pour moi que vous dites ça?

LA CAPITAINE CRAMPE

Voyons, vous n'allez pas vous disputer devant des étrangers...

CHANFALLA, *très à l'aise.*

Oh! nous savons, nous comprenons les choses. Hélas! les choses sont partout la même chose... et la misère partout la même misère!

LE PRÉFET, *cramoisi.*

La misère... la misère, qu'est-ce que vous dites?

CHANFALLA, *confus.*

Excusez-moi, je croyais...

LE PRÉFET
Une hirondelle ne fait pas le printemps, un mendiant ne fait pas la misère...

CHANFALLA
Évidemment.

CHIRINOS
Évidemment.

L'ENFANT, *avec une voix de plus en plus sinistre.*
Évidemment.

LE PRÉFET
Évidemment. *(Un temps, puis froid et silencieux.)* Revenons plutôt à nos moutons ! Et dites-nous quel bon vent vous amène dans nos régions.

CHANFALLA
Je suis Montiel, celui qui colporte le vrai, l'unique, le seul, le merveilleux Tableau des merveilles !

LE PRÉFET, *un peu ahuri mais sans vouloir le laisser paraître.*
Ah, le... le Tableau !

LE SOUS-PRÉFET
... des merveilles.

Le capitaine Crampe

Oui, le Tableau des merveilles… Très intéressant…

Chanfalla

Toute personne cultivée a entendu parler du magnifique Tableau et j'aurais vraiment été douloureusement surpris…

Le préfet

Oh! rassurez-vous. Nous connaissons… Justement nous en parlions il y a quelques jours, avec des amis, oui, au cours d'une conversation… et justement nous disions, nous disions… nous disions…

Chanfalla, *éclatant.*

Il ne suffit pas d'en parler, il faut le voir, c'est un spectacle spectaculaire et d'une beauté si belle, d'une émotion si émouvante que les mots me manquent pour vous en parler, à moi dont c'est pourtant le métier de parler… Il faut le voir pour le croire… mais attention, attention!… *(Baissant la voix et levant un index inquiétant et menaçant.)* Attention!!!

Chirinos

Mais il faut aussi le croire pour le voir!

Le préfet, *légèrement inquiet.*

Ah?

CHANFALLA, *catégorique.*

Mais c'est l'évidence même, et nul ne peut nier l'évidence. *(Avec une franche autorité.)* N'est-ce pas ?

LE PRÉFET

Évidemment.

CHANFALLA

Je ne vous le fais pas dire… L'évidence même. Et c'est pourquoi les merveilleuses merveilles du merveilleux Tableau des merveilles ne sont pas visibles pour tous !
Je m'explique.
Seul le spectateur qui a la conscience tranquille peut voir le Tableau.
Je m'explique.
L'homme inculte, le sot, l'ignorant, celui qui n'est pas délicat ne voit rien. Aurait-il payé trois fois le prix de sa place, il reste figé sans rien voir.
Le lettré, l'homme d'esprit, l'homme qui est vraiment quelqu'un capable de comprendre quelque chose, celui-là peut voir le Tableau.

LES TROIS NOTABLES, *avec une soudaine conviction.*

Nous le verrons !

CHANFALLA, *continuant.*

L'épouse fidèle peut se réjouir les yeux, mais la femme adultère n'y verra que du feu.

LES TROIS NOTABLES

Nos femmes sont dignes en tout point de voir vos merveilles.

CHANFALLA, *délirant.*

La fille d'officier supérieur voit le tableau, la fille à soldats pas!

LES TROIS NOTABLES

Nos filles le verront, nous le jurons.

CHANFALLA

Le magistrat corrompu, le vénal n'y voient rien. C'est un spectacle pour le bon chrétien. Le bon chrétien peut le voir, le juif non... *(Il crie.)* Le juif ne verra jamais l'ombre de l'ombre du plus merveilleux des Tableaux[1]!

LE PRÉFET

Il n'y a qu'un juif dans la région, et nous l'avons mis en prison. De toute façon, il n'aurait rien vu. Tout est pour le mieux.

Merci, noble étranger, d'apporter dans notre pays tes visions d'art et de beauté. Nos paysans seront charmés, et s'ils ne comprennent pas, s'ils ne voient

---

1. La pièce de Prévert est la réécriture d'un intermède de Cervantès, auteur espagnol de la fin du XVIe siècle. À l'époque, en Espagne, les juifs étaient persécutés.

pas tout, ils pourront toujours se chauffer. La grande salle de la mairie est spacieuse, je la ferai aménager...

CHANFALLA
Merci, monsieur le préfet, mais nous pouvons jouer en plein air. Inutile de vous déranger. Quand tout le monde aura pris ses billets, la séance pourra commencer.

LE SOUS-PRÉFET, *douloureusement surpris.*
Comment? C'est payant?

CHANFALLA
Les artistes ne vivent pas seulement de l'air du temps.

LE PRÉFET
Évidemment. Mais les paysans ne pourront pas venir, malheureusement...

CHANFALLA
Pourquoi?

LE PRÉFET, *embarrassé.*
En voilà une question! Ils ne pourront pas venir parce que... parce que... enfin, parce qu'ils auront autre chose à faire. Chacun son métier. Le laboureur

laboure, l'homme de peine peine, le musicien fait de la musique...

L'ENFANT
En avant la musique ! *(Il recommence à jouer, les trois notables grincent des dents.)*

LE PRÉFET
Quel bruit ! Mais c'est une musique de cimetière...

LE SOUS-PRÉFET, *trépignant.*
On dirait qu'on gratte le dos d'une casserole avec un couteau ébréché...

LE CAPITAINE
C'est pas de la mélodie, c'est du vert-de-gris...

L'ENFANT
Excusez-moi, messieurs, mais c'est la musique de mon enfance. Je ne connais que celle-là... Ma famille est cachée dedans, c'est elle qui pousse le cri du souvenir. Est-ce ma faute si ma famille a la voix du caïman ?

LE PRÉFET, *au capitaine.*
Allez, enlevez, enlevez cet enfant, enlevez immédiatement, capitaine...
Le capitaine saisit l'enfant et s'éloigne avec lui en le secouant.

LE CAPITAINE

Toi, graine de bois de lit, tu vas me faire le plaisir de me foutre le camp...

LE PRÉFET, *à Chanfalla.*

De la musique, tant que vous voudrez, cher monsieur, mais faites-nous de la musique convenable, de la musique de chambre par exemple. Mais cette musique de terrain vague, jamais! *(Il hurle.)* Jamais, jamais, jamais!...

CHANFALLA

Calmez-vous, l'enfant ne jouera pas pendant le spectacle.

LE SOUS-PRÉFET

C'est fort heureux. Ma fiancée a l'oreille délicate, et j'aimerais lui épargner de tels sons.

CHIRINOS, à *Chanfalla.*

Ah! je te le disais bien, cette musique est terrible, nous n'aurions pas dû adopter cet enfant.

CHANFALLA

Les artistes adoptent toujours des enfants, c'est la coutume...

LE PRÉFET

Jolie coutume, assurément!... *(À Chirinos.)* Je vous en

prie, madame, passez devant, nous allons donner des ordres pour la bonne ordonnance du spectacle.

CHIRINOS
Trop aimable, monsieur le préfet, trop aimable...
Ils s'éloignent. Le capitaine Crampe entre à nouveau en scène et les suit en traînant la jambe.

LE CAPITAINE
Qu'est-ce qui m'a foutu une musique pareille!...
Ils sortent.

La scène reste vide un instant puis l'enfant revient, hausse les épaules, s'assoit et recommence à jouer. Le mendiant entre et s'approche de l'enfant.

LE MENDIANT
La voilà bien, la vraie musique saignante, la musique comme quand j'étais petit! Continue, mon petit, ça me rajeunit, continue la musique... C'est la musique du chien pauvre qui crève à la fourrière, c'est le grincement de la carie dentaire dans la grande gueule de la misère, la gadoue, les punaises, le mégot du condamné, les courants d'air, l'ambulance qui vient chercher le noyé et puis le noyé qui n'a pas l'habitude de monter en voiture et qui suit l'ambulance à pied... Il n'ose regarder les passants, le noyé, mais il est tellement content d'être mort qu'il éclate de

rire comme jamais il n'éclatait de rire du temps qu'il était vivant, si peu vivant… Continue, petit mec, continue. J'ai toujours beaucoup aimé les instruments à corde de pendu…

Un homme entre, portant un outil sur l'épaule : c'est un casseur de pierres. Il s'arrête et écoute la musique qui continue.

LE CASSEUR DE PIERRES, *faisant claquer sa langue en connaisseur.*

C'est joli… Et puis ça change des cloches, cette sale musique de nuages! J'étais sur la route à casser les pierres et quand ça a joué j'ai arrêté de casser. On n'a pas tellement de musique par ici à part celle de gosses qui hurlent leur faim et celle des chiens qui hurlent à la mort quand les gosses sont morts!

Un paysan arrive.

LE PAYSAN

Moi, je retournais la terre… Soudain, pas plus tard que tout à l'heure, mon cheval s'arrête, remue deux fois la queue, trois fois la tête, tombe par terre et crève de faim… Floc! Réglé, envoyé, c'est pesé, ça devait arriver… Je m'étais assis dessus, histoire de me chauffer un peu les fesses et de pleurer un peu la bête. Et puis la musique a commencé. On a beau dire, ça change les idées… Joue encore, petit gars, ne t'arrête pas de jouer…

Un autre casseur de pierres survient à son tour, s'assoit la tête dans ses mains.

L'HOMME

Toujours casser les pierres, jamais casser la croûte... Toujours faire des routes qui vont n'importe où, faire des enfants qui n'iront nulle part, et qui casseront des pierres... pour faire des routes, des routes... Des pierres, des cailloux, des cailloux, des cailloux...

L'ENFANT

Pourquoi vous plaignez-vous ? Les notables du pays disent que les gens sont très heureux ici.

LE MENDIANT

Les notables, les notables, ils me font mal au ventre, les notables, et je suis poli...

Dans ce pays, comme dans les autres, les gens heureux sont heureux. Mais les autres, les malheureux, ils sont malheureux, comme partout. Les gens heureux n'ont pas d'histoire, mais si les malheureux essaient de raconter leur triste histoire à eux, alors les gens heureux leur cherchent des histoires... de sales histoires. En joue ! Feu ! La prison, la corde au cou et tout et tout, et le reste par-dessus le marché.

LE CASSEUR DE PIERRES

Si encore ils étaient heureux, vraiment heureux,

les gens heureux! Mais faut voir la gueule qu'ils font, et la façon qu'ils ont de vivre leurs jours heureux... *(Il hausse les épaules avec mépris.)* Pauvres malheureux!...

LE PAYSAN

Bientôt, tout cela va changer. On n'a rien à perdre, peut-être qu'on a quelque chose à gagner... Il faut remuer les gens et les choses, déplacer les objets...

L'HOMME, *donnant sa fourche à l'enfant.*

Regarde cette fourche, elle remue déjà.

L'ENFANT

C'est vrai, on dirait qu'elle est vivante.

Arrive un garde champêtre avec un tambour. Devant lui un gendarme. Derrière eux le capitaine Crampe.

LE MENDIANT

Taisez-vous. Voilà l'autorité...

LE CAPITAINE

Debout là-dedans et silence. Sonnez trompette, roulez tambour!

LE GENDARME

Il n'y a pas de trompette, capitaine.

Le capitaine

Ça ne fait rien. Roulez tambour seulement ! Mais que ça roule !

Le garde champêtre, *avec un petit roulement de voix et de tambour.*

Nous qui dirigeons cette ville, prévenons la population qu'à partir d'aujourd'hui, il n'y aura rien de changé et que tout se passera comme dorénavant cela s'est toujours passé.

Il se retire, accompagné du gendarme. Le capitaine Crampe reste seul en présence des autres.

Le capitaine

Et ceux qui ne seront pas contents... *(on entend les derniers roulements du tambour)...* ceux qui ne seront pas contents...

Les paysans s'avancent vers lui et il est très surpris.

Un homme

Eh bien quoi ? Ceux qui ne seront pas contents ?... Qu'est-ce que tu veux dire ? Finis ta phrase. Tu fais des bruits de bottes avec ta bouche, des bruits pour nous faire peur.

Un autre

Fais attention, gros farceur, tu vas te piquer la langue avec tes éperons.

LE CAPITAINE
Vous oubliez à qui vous parlez !

UN HOMME
Tu l'as dit, capitaine, on oublie...

UN AUTRE
À force de casser des pierres la tête devient dure...
comme la pierre. Alors, on oublie les petits détails,
on oublie...

PLUSIEURS HOMMES, *ensemble.*
On oublie, on oublie. Nous vous oublions, capitaine,
nous vous oublions...

LE MENDIANT, *le désignant du doigt.*
Quel est cet être étrange avec des moustaches mal
teintes, et qui porte un si étrange chapeau avec un
bord devant et pas de bord derrière ? Son regard est
morne, sa tête semble creuse et fragile et ébréchée
comme un œuf de poule mal gobé.

UN CASSEUR DE PIERRES
Singulier phénomène ! *(Il regarde le capitaine comme on
regarde une bête curieuse, tourne autour de lui, se baisse et se
relève.)* Je ne pense pas qu'il soit comestible.

LE CAPITAINE, *inquiet.*

Mais je suis Crampe, le capitaine de la gendarmerie...

LE MENDIANT

Drôle de langue, drôles de mots, et incompréhen-
sibles... Capricampe, Cropitaine, Armurio...

LE CAPITAINE, *écumant.*

Vous êtes tous une bande de brutes, de sales brutes...
Puisque je vous dis que je suis le capitaine...

LE PAYSAN, *lui donnant un coup sur la tête.*

Soyez poli avec les hommes vivants, chose imprécise
et appelée à disparaître !

LE CAPITAINE, *hurlant.*

Quoi, des voies de fait, des voies de fait ! *(Il reçoit un
autre coup.)* Oh ! ils me frappent sur la tête comme
on frappe sur la tête d'un mendiant ! Ne tapez pas,
ne tapez pas sur la tête ! Ça pourrait abîmer mes
galons !...

Il s'enfuit, poursuivi par les paysans. L'enfant éclate de rire.

LE MENDIANT, *à l'enfant.*

Est-il juste que les cerfs soient toujours poursui-
vis par les chiens ? Si tu vois l'abbé, dis-lui que la

chasse à courre est commencée mais que ce n'est pas la peine qu'il se dérange pour bénir la meute...
Il s'en va.

L'ENFANT
Chacun sa musique ! *(Il joue.)*

DEUXIÈME TABLEAU

Sur la place. Le spectacle va commencer. Un drap blanc, une couverture blanche ou n'importe quoi de blanc, est tendu entre deux piquets ornés de quelques minables guirlandes. Devant cette modeste scène, des bancs et des chaises sont rangés.
Le sous-préfet entre avec, à son bras, Juana, sa fiancée, fille du préfet.

LE SOUS-PRÉFET
Tenez, voici la meilleure place, ma chère âme, j'ai tenu à vous la réserver.

JUANA
Oh ! je m'assois n'importe où, je suis si lasse, si fatiguée...

LE SOUS-PRÉFET
C'est vrai, cette pâleur, ces mains brûlantes de fièvre, ces yeux cernés...

JUANA

Peut-être ai-je trop pensé à vous cette nuit mon ami.

LE SOUS-PRÉFET

Vous êtes la plus fragile et la plus exquise des fiancées.

Des spectateurs s'installent : quelques vieillards décorés, quelques vieillardes en robe de soirée.

UN VIEILLARD

Et ce spectacle magnifique, seul un bon chrétien peut le voir...

UN AUTRE VIEILLARD

J'aime mieux me placer le plus près possible, ma vue a beaucoup baissé... *(Ils s'installent.)*

Derrière eux entrent un homme et une femme qui s'installent. Le sous-préfet se retourne mais ne les voit qu'à l'instant où ils cessent de s'embrasser.

LE SOUS-PRÉFET, *à Juana.*

Oh ! voici votre cousine Térésa et ce godelureau de Juan. Je déteste ce jeune homme et quand je le vois tourner autour de vous, cela me donne le tournis... Je le déteste. C'est un garçon qui n'a pas de situation, pas d'avenir, pas de scrupules, pas de santé...

JUANA

Pas de barbe...

LE SOUS-PRÉFET
Hein ?

JUANA
Vous, vous avez une barbe.

LE SOUS-PRÉFET
Vous n'aimez pas ma barbe ?

JUANA
Je l'adore. *(Elle tire dessus.)*

LE SOUS-PRÉFET, *un peu gêné.*
Charmante espiègle ! Je vais chercher le préfet. *(Il la quitte et sort.)*
Térésa vient s'asseoir à côté de Juana. Derrière eux, à côté d'une vieille femme, Juan s'assied, impassible.

TÉRÉSA, *à Juana.*
Je pense que tu connais les conditions dans lesquelles on doit se trouver pour voir le spectacle ?

JUANA
Hélas ! je les connais, mon père m'a prévenue, et je suis folle d'inquiétude...

TÉRÉSA
Moi aussi...

JUANA

Écoute. Cette nuit, j'étais dans ma chambre, toute nue. La chaleur… Juan est entré, il a fermé la porte derrière lui, moi j'ai fermé les yeux et j'ai poussé un cri… Mais personne n'a entendu ce cri, pas même lui… Sa bouche a étouffé mon cri.

Sur la scène, Chanfalla et Chirinos, indifférents et immobiles, regardent les spectateurs. C'est leur façon à eux de préparer le spectacle.

TÉRÉSA

Et Juan n'est pas parti!

JUANA

Non, il est resté.

TÉRÉSA

Jusqu'à quelle heure?

JUANA

Jusqu'à deux heures.

TÉRÉSA

Oh! le misérable! Il n'est venu chez moi qu'à trois heures et demie… Il a dû faire tout le pays.

JUANA

Oui!

Soudain Chanfalla élève la voix et agite les bras.

CHANFALLA

Attention au Tableau des merveilles! Devant ce tableau plein de beauté, les filles qui ont fauté sont frappées de cécité. Voilà la vérité...

TÉRÉSA

Oh! j'ai peur...

JUANA

Tu as peur...

LES DEUX ENSEMBLE

Nous avons peur.

JUAN, *s'approchant des deux filles.*

Rassurez-vous, avec d'aussi grands yeux que les vôtres, vous pourrez voir toutes les merveilles du monde, même les plus cachées, moi je les ai vues cette nuit et j'en suis encore émerveillé.

JUANA

Taisez-vous, vous êtes un monstre...

TÉRÉSA

Oui, un monstre...

Juan

Vous étiez beaucoup plus douce, cette nuit, Marguerite.

Térésa

Mais je ne m'appelle pas Marguerite.

Juana

Moi non plus.

Les deux jeunes filles ensemble

Nous ne nous appelons pas Marguerite.

Juan

Alors, diable… Qui donc peut bien s'appeler Marguerite? Consultons notre petit carnet… *(Il consulte.)* Voyons les m… Marceline, Marion, Marie…

Térésa

Oh! taisez-vous! Assez! Partez!

Juana

Vous êtes le dernier des êtres!

Juan

Le dernier, le premier, comme vous voudrez… Si vous croyez que c'est drôle de s'appeler Don Juan!

On voit bien que ce n'est pas vous qui décachetez mon courrier… Et puis ça fatigue la moelle épinière.

JUANA

Partez.
Entrée du préfet et du sous-préfet.

JUAN

Je m'en vais. Justement voilà le préfet. Je vais m'incliner devant lui, le saluer et rire un peu aussi dans la barbe du sous-préfet.

Mais n'oubliez pas, Marguerite, demain mardi, comme la grande aiguille sur la petite, je serai chez vous à minuit…
Il s'éloigne et se dirige vers le préfet.

JUANA

C'est à moi qu'il a donné rendez-vous.

TÉRÉSA

Non, c'est à moi.

JUANA

Mais tu ne t'appelles pas Marguerite ?

TÉRÉSA

Pourquoi pas ?

JUANA

Alors, moi aussi je m'appelle Marguerite.

LES DEUX ENSEMBLE

Alors, nous nous appelons Marguerite.

Le préfet et le sous-préfet s'installent. Juan non loin d'eux, s'assoit au beau milieu d'un groupe de très vieilles dames…

LE PRÉFET

Puisque je suis arrivé, je pense que le spectacle doit commencer !

CHANFALLA

Qu'il en soit fait selon votre volonté, monsieur le préfet. *(Présentant Chirinos et l'enfant.)* Ici la directrice, ici le musicien.

LE PRÉFET, *se dressant et hurlant.*

Ah non ! Pas le musicien !

CHANFALLA

Il est là parce que c'est la coutume, mais il ne jouera pas puisque vous n'en exprimez pas le désir. *(Et désignant le drap blanc, soudain et fort à propos.)* C'est ici que les merveilles vont commencer… Voyez, déjà le vent vient jouer son rôle dans l'histoire.

Attention ! *(Hurlant.)* Je vous dis que le spectacle va

commencer, je vous dis que le spectacle commence, je vous dis que le spectacle est déjà commencé ! Voyez cet homme qui s'avance dans le vent, une mâchoire d'âne à la main. C'est le prodigieux Samson et beaucoup parmi vous, j'espère, l'ont immédiatement reconnu avant que j'aie prononcé son nom... Il gravit les marches du Temple en criant comme un insensé. Regardez Samson. Regardez-le bien... Regardez les colonnes du Temple, voyez comme elles sont secouées. Regardez le Temple, levez la tête... Le Temple va s'écrouler... Arrête ! par la grâce de Dieu le Père ! Arrête ! Car tu pourrais le renverser ou mettre en morceaux la noble assemblée ici présente... *(Cris d'épouvante des spectateurs, sauf de Don Juan qui consulte son petit carnet.)*

LE PRÉFET, *se dressant.*
Halte-là ! Il serait beau que venus pour nous divertir, nous nous en allions...

LE SOUS-PRÉFET, *à voix basse.*
Nous nous en «allassions»...

LE PRÉFET
Merci. *(Reprenant.)* Que nous nous en allassions estropiés.

LES SPECTATEURS
Arrête, brave Samson, nous te voyons, nous te voyons...

LE SOUS-PRÉFET

Il faudrait être trois fois juif et six fois parjure pour ne point le voir. Il est habillé en grand Turc et ses cheveux sont fort longs et très noirs[1].

JUANA, *à Térésa.*

Vois-tu quelque chose, Marguerite ?

TÉRÉSA

Non, Marguerite, et toi ?

JUANA

Moi non plus, Marguerite.

Elles se dressent et crient :

Oh ! Samson ! Arrête de secouer le Temple, nous t'en conjurons...

CHIRINOS

Samson s'éloigne, la mâchoire d'âne à la main, tout redevient calme, excessivement calme... *(elle hurle)* mais prenez garde ! Spectateurs et spectatrices, voilà maintenant un taureau en furie !

CHANFALLA

L'animal est entier, c'est celui-là même qui tua dernièrement dans les rues de Salamanque un malheureux portefaix qui ne lui avait absolument rien fait.

1. Voir la note de la page 17.

CHIRINOS

Couchez-vous... Couchez-vous tous... *(La plupart se couchent.)*

UNE TRÈS JEUNE ET TRÈS VIEILLE ET TRÈS SOURIANTE FEMME FATIGUÉE, *debout, à l'écart, et qui n'a pas eu les moyens de payer sa place.*

Moi, je ne vois rien et n'entends rien de toutes ces choses dont vous parlez.

UNE VIEILLARDE, *secouant Juan assis près d'elle.*

Je vous en prie, Juan, aidez-moi à me coucher, je suis si vieille, si fatiguée et j'ai tellement peur... *(elle hurle)* tellement peur de cette bête !

JUAN

Qu'il en soit fait suivant votre désir, vieille chose !
(Il la jette à terre tout simplement et très brutalement.)

LA VIEILLARDE, *hurlant.*

Oh ! il me piétine, le taureau ! Oh ! piétine-moi encore. Écrase-moi, encorne-moi, taureau !

TÉRÉSA

Moi aussi, le taureau me regarde et je suis sûre qu'il aime les filles.

JUANA

Oh ! fermez bien les portes de nos chambres, pères

et mères, car ce taureau viendra nous voir la nuit,
toutes les nuits.

LE PRÉFET
Qu'est-ce qu'elle dit ? Elle est folle !

LE SOUS-PRÉFET
Vous croyez qu'elle le voit ?

LE PRÉFET
Qui ça ?

LE SOUS-PRÉFET
Le taureau.

LE PRÉFET
Mais cela crève les yeux, qu'elle le voit ! *(Se redressant soudain, soudain la parfaite image d'un parfait matador.)* Tout le monde voit cette bête, mais je suis préfet, seul je la tiens à l'œil...
Quand les plus humbles de ses administrés sont menacés, devant la plus fauve des bêtes fauves, un préfet ne doit pas reculer. *(Mimant la scène.)* Le voilà ! Il fonce ! Je l'évite et le saisis par les cornes, et... et...

LE SOUS-PRÉFET
Et vous le renversez.

LE PRÉFET, *triomphalement.*

Oui, je le renverse !

LES SPECTATEURS

Oh ! il l'a renversé… Le préfet a saisi le taureau par les cornes et l'a renversé… Vive le préfet !

LE PRÉFET, *très fier.*

Monsieur le directeur, ne faites plus sortir de ces figures qui nous épouvantent. Je ne dis pas cela pour moi mais pour les jeunes filles… Il y a des choses qu'il vaut mieux que les jeunes filles ne voient pas.

CHANFALLA

Excusez-moi, mais je ne suis pas le maître des merveilles que je présente ! Voyez maintenant cette troupe de rats qui vient de ce côté…

CHIRINOS

Et qui vient en ligne droite de l'arche de Noé.

LE PRÉFET

Oh ! j'ai une peur horrible des rats !

LE SOUS-PRÉFET

Vraiment ?

LE PRÉFET

Je ne peux sans malaise entendre prononcer leur nom.

UNE VIEILLARDE, *criant.*

Oh! les voilà!... Les rats! Les rats!

LE PRÉFET

Les rats! Les rats!

PLUSIEURS VIEILLARDES, *affolées, grimpant sur leurs chaises.*

Les rats! Les rats!

LA PREMIÈRE VIEILLARDE, *à Don Juan.*

Je vous en prie, aidez-moi à monter sur mon fauteuil... Ils vont me dévorer...

DON JUAN

Vous êtes très bien là où vous êtes.

JUANA

Jésus! Des rats!... Retenez-moi ou je me jette par la fenêtre... Des rats! Ils vont démailler mes bas...

TÉRÉSA

Serre tes jupes, ils vont grimper...

JUANA

Un rat noir est attaché à mon genou. Que le ciel vienne à mon secours!

JUAN

Voilà! Voilà! *(Il s'avance vers Juana et passe la main sous ses jupes.)*
N'ayez plus peur, je le tiens!

La vieille est toujours par terre, près des jeunes filles. Soudain elle saisit Juan par les pieds. Il tombe. Elle se jette sur lui. Deux autres vieillardes se jettent aussi sur lui en hurlant.

LES VIEILLARDES

Ah! Don Juan! Pourquoi vas-tu toujours chercher sous les jupes des jeunes filles!... Nous avons des jupes, nous aussi, nous sommes encore et toujours mordues par les rats... Et nous allons bientôt mourir!
Oh! ils nous mordent! Délivre-nous des rats, Juan, délivre-nous...

DON JUAN, *râlant.*

Vous m'étouffez! Elles m'étouffent!

LES VIEILLARDES

Seigneur Don Juan! Délivrez-nous des rats! Ainsi soit-il!

CHANFALLA

Calmez-vous, spectateurs et spectatrices. La troupe de rats s'en va comme elle est venue, à petits pas...
Tout le monde se calme.

LE PRÉFET

Me donnez-vous l'assurance formelle que ces bêtes vont partir et ne reviendront plus ? Vous engagez-vous à nous montrer des merveilles moins agressives et plus édifiantes ? Une autre scène de la Bible, par exemple ?... Sinon, dès le spectacle terminé je vous fais chasser de la ville à coups de poing et à coups de pied...

CHANFALLA

Je vous le promets, monsieur le préfet. En avant la musique !

LE PRÉFET

Pas la musique ! Pas la musique ! *(Il descend de sa chaise et crie.)* Pas la musique, surtout pas la musique !
Soudain, d'un groupe de vieillardes penchées sur le corps de Don Juan, l'une se lève et hurle.

LA VIEILLARDE

Que Dieu ait son âme ! Un malheureux spectateur a été étouffé !

LE PRÉFET

Qu'on emporte le corps et que le spectacle continue, puisque le spectacle a été commencé. Telle est notre volonté !

On emporte le corps.

LE SOUS-PRÉFET

Je l'avais toujours dit... Ce garçon-là n'avait pas de santé.

JUANA, *à Térésa.*

Oh ! c'est le corps de Juan qu'on emporte ! Les vieilles l'ont étouffé...

TÉRÉSA

Tais-toi, Marguerite, tais-toi, ne cause aucun scandale...

JUANA

Mais il était le plus joli ! Et mon fiancé est barbu...

TÉRÉSA

Marie-toi le plus vite possible, Marguerite, coupe-lui la barbe et la gorge avec. Tu diras qu'il s'est tué en se rasant, tu porteras le voile de veuve, et tu seras libre comme le vent !

JUANA

Tu as raison, Marguerite, je serai libre comme le vent !

Elle pleure. Le sous-préfet passe et la regarde, étonné.

CHANFALLA, *sur l'estrade.*

Monsieur le préfet, monsieur le sous-préfet, mesdames, messieurs, le spectacle continue. Vous n'avez qu'à regarder. Ah! Ah! voici qu'apparaît Salomé, la danseuse qui, pour le prix de sa danse, obtint la tête d'un homme fort estimé en son temps. Regardez comme elle danse... Aucune fille du monde ne sut jamais danser comme elle...

LE PRÉFET

À la bonne heure! Voilà une belle figure, aimable et reluisante, et elle se trémousse!

LE SOUS-PRÉFET

C'est en effet, la plus belle danseuse que j'aie jamais vue!

Approbation des spectateurs.

LE PRÉFET

C'est la danse en personne! Eh! sous-préfet, mon futur gendre, il ne sera pas dit que la danseuse aura dansé toute seule... Vous qui avez les jambes si minces et si remuantes, allez danser avec elle.

LE SOUS-PRÉFET

Moi, danser avec cette fille! Monsieur le préfet... mais vous n'y pensez pas. Que dirait ma fiancée!...

JUANA, *avec un sourire d'ange.*

Mais elle ne dirait rien. Elle n'a pas encore le droit d'être jalouse puisqu'elle n'est pas encore mariée. Alors, écoutez mon père, levez-vous et dansez avec la belle Salomé.

Le sous-préfet, la mort dans l'âme, s'exécute et danse le mieux qu'il peut, c'est-à-dire le plus mal possible, avec la merveilleuse partenaire qui brille de tout l'éclat de son indéniable absence. Les spectateurs, eux, sous le charme de son indéniable présence, les accompagnent, tapant des pieds, claquant des mains.

L'enfant reprend alors sa musique en même temps que surgit, devant la grande toile blanche de plus en plus arrachée par le vent, le capitaine Crampe de la gendarmerie, les bras en croix, la barbe en charpie, le regard égaré ainsi que le képi.

LE CAPITAINE CRAMPE, *hurlant.*

Alerte! Alerte! Le pays est en feu!

LE SOUS-PRÉFET

Oh! Oh! Michel Strogoff...

LE CAPITAINE CRAMPE, *hurlant et gesticulant.*

Ils arrivent... Ils frappent, ils cognent, ils crient, ils chantent, ils rient et leur rire est terrible à entendre. Dans cinq minutes ils seront ici. Alerte! Alerte! que je vous dis!

Inquiétude des spectateurs.

LE PRÉFET, *se levant.*

Comment, c'est vous, capitaine, qui venez faire du scandale ici?... Vous êtes ivre et vous avez perdu votre képi.

LE CAPITAINE

Oh! si on peut dire!

LE PRÉFET

Oui, capitaine, on peut dire. Et je ne m'en prive pas. Ainsi, nous assistons à un spectacle qui promet de devenir édifiant et vous venez, vous osez venir nous jouer ici en titubant les dernières cartouches de je ne sais quelle scène de quel affreux mélodrame pour petites gens indigents! Ôtez-vous de la scène, cachez-vous sous un banc, cuvez votre vin... Je vous parlerai demain très sérieusement.

LE CAPITAINE

Mais puisque je vous dis...

LE PRÉFET

Silence! Et continuez, monsieur le directeur, je vous en prie.

CHANFALLA, *criant très fort.*

Vous allez voir maintenant un noble et pauvre vieillard, le plus vieux et le plus pieux des plus nobles vieillards... Regardez, voyez comme il brille et comme son vieux corps décharné resplendit... Regardez Job sur son fumier... Il se gratte les ulcères avec un vieux morceau de pot de fleurs, mais il remercie le Seigneur parce que son fumier est doré. Regardez, regardez le fumier qui brille, regardez-le briller...

LE CAPITAINE

Je vous jure qu'ils arrivent. Au nom de Dieu, écoutez-moi!

LE PRÉFET

Regardez Job, mon capitaine, si vous avez encore les yeux en face des trous.

LE SOUS-PRÉFET

C'est vrai qu'il brille! Quel beau vieillard!

LE CAPITAINE

Mais je suis, ils sont, vous êtes... Sommes-nous tous fous? Je ne vois rien, absolument rien!

LE PRÉFET

Vous ne voyez rien pare que vous êtes ivre et parce que vous êtes sans doute un mauvais chrétien un adultère, un juif peut-être... Enfin, vous êtes de ceux-là puisque vous ne voyez rien[1].

1. Voir la note de la page 17.

LE CAPITAINE

Canaille de préfet! Si vous dites encore une fois que je suis de ceux-là, je ne vous laisserai pas un os entier!

LE PRÉFET, *hurlant.*

Vous êtes de ceux-là! Vous êtes de ceux-là!

DES SPECTATEURS

Le préfet a raison! Vous êtes de ceux-là!
Ils se battent, cependant que surviennent les paysans, les casseurs de pierres, fort aimablement menaçants.

UN TRÈS VIEUX NOTABLE, *se levant.*

Ô insensés, regardez donc le spectacle au lieu de vous disputer! Admirez les merveilles de la pauvreté, la splendeur de la misère et ses beautés cachées! Job remercie le Seigneur de ne pas lui donner à manger. Je vous le dis, en vérité, le pauvre est bon comme le bon pain!
Un casseur de pierres le frappe sur la tête avec beaucoup de modération. Il s'écroule.

LE CAPITAINE, *soudain réalisant la chose.*

Les voilà! Je l'avais dit, je vous avais prévenus, et vous ne vouliez pas me croire... Ils vont vous frapper sur la tête comme ils m'ont frappé! Ils vont casser vos assiettes et ce sera bien fait!

LE PRÉFET, *n'en croyant pas ses yeux ni ses oreilles, ni n'importe quoi, en désespoir de cause s'adressant à Chanfalla.*

Enlevez cette vision, directeur, enlevez ce tableau regrettable ! Nous n'avons pas payé notre place pour voir semblable chose !

Il reçoit un coup sur la tête et s'écroule à son tour.

LE SOUS-PRÉFET, *aux abois.*

Au secours ! Au secours ! *(Et comme on le frappe de même, il ajoute, avant de s'écrouler :)* Et même le sous-préfet !

JUANA, *à Térésa.*

Regarde ces hommes qu'on voyait au loin sur la route. Comme ils sont différents des autres, quand on les voit d'aussi près !

TÉRÉSA

Ils pourraient me faire un peu peur...

JUANA

À moi aussi. Mais ils pourraient peut-être me faire plaisir, vraiment...

TÉRÉSA

Oui, ils sont plus vivants que Juan, de son vivant.

LE MENDIANT, *s'adressant à l'enfant.*

Joue-nous ta musique, petit, nous sommes aussi
venus pour danser.

L'ENFANT, *jouant.*

Oh! ma musique a changé. Elle est toujours pareille,
mais plus joyeuse et plus gaie!

LE MENDIANT, *aux spectateurs.*

Et que les vieillardes dansent avec les vieillards et
que les filles dansent avec les garçons!

*Tout le monde danse, sauf le préfet, le sous-préfet et d'autres ina-
nimés.*

*Chanfalla et Chirinos s'en vont en souriant. L'enfant les suit, sou-
riant aussi, mais on entend toujours sa musique accompagnant
toujours les danseurs.*

*Les danseurs continuent à danser, cependant que le rideau com-
mence à tomber.*

Entrées et sorties

Folâtrerie

Personnages

LE JARDINIER
LA DUCHESSE
LE DUC
LE FOSSOYEUR
PERVENCHE
L'ABBÉ
LE VALET DE CHAMBRE
LE MÉDECIN
DU MONDE

Le Jardinier entre avec un bouquet de roses rouges et un sac de noix noires.

Il est âgé et paraît fatigué.

Cela se passe dans un salon, le salon du «château».

LE JARDINIER, *parlant pour lui.*

Vraiment, Pervenche, ma petite-fille, m'en fait voir de toutes les couleurs. Un jour elle dit qu'elle est un oiseau, un autre jour, elle prétend qu'elle est une fleur, une fleur...

Vraiment, c'est manquer de respect à son grand-père. *(De plus en plus triste.)* Un oiseau encore, je ne discute pas, mais une fleur! Enfin, sacré nom de Dieu, je suis jardinier et les fleurs, je les connais!

La Duchesse entre.

LA DUCHESSE

Voyons, quelle mouche vous pique, monsieur Pique-mouvoche?

LE JARDINIER

Michevoupoque. *(À la Duchesse.)* On n'a qu'un nom, bien sûr, mais on y tient !

LA DUCHESSE

Je t'en prie, Eugène, trêve de balivernes ! Nous sommes seuls et personne autour. *(Clignant de l'œil.)* Alors, hein, vieux polisson, inutile de parler pour ne rien dire. Et n'oublie pas : ce soir, surprise-partie.

LE JARDINIER, *très las.*

Hélas !

LA DUCHESSE

Comment ?

LE JARDINIER

Comme je le dis, madame la Duchesse, hélas ! *(De plus en plus las.)* Si vous croyez qu'il est gai, le sort du pauvre jardinier… Toujours grimper sur vous comme un lierre sur un vieux marronnier.

LA DUCHESSE

Un vieux marronnier !

LE JARDINIER

Oui, un vieux tronc… enfin, je ne sais pas, une vieille chèvre, si vous préférez.

La Duchesse

Eh bien, à la bonne heure! Ça m'apprendra à vouloir goûter aux amours ancillaires.

Le Jardinier, *blessé.*

Ancillaire vous-même! Sale vieille mauvaise herbe brûlée!

La Duchesse

Ordure vulgaire! Vieux pauvre!

Le Jardinier

Pauvre peut-être, grâce à vous, Duchesse… mais vieux, halte-là, mesurez vos paroles!

La Duchesse

Soixante-huit ans, Eugène. Soixante-huit ans.

Le Jardinier

Et toi? *(Et soudain souriant.)* Qu'est-ce que ça peut foutre, mauvaise grand-mère? Après tout, on a l'âge de ses artères.

À cet instant on entend très nettement le bruit désagréable d'une corde de violoncelle qui se brise. Le Jardinier s'écroule.

La Duchesse, *ravie.*

Encore un de moins! *(Elle se penche, elle observe.)* Rupture d'anévrisme, sans aucun doute.

Arrive alors Pervenche.

PERVENCHE
Tiens, mon grand-père qui dort...

LA DUCHESSE
Il ne dort pas, enfant. Il est mort.

PERVENCHE
Laissez-moi donc finir ma phrase. Je disais : Tiens, mon grand-père qui dort de son dernier sommeil.

LA DUCHESSE
Ne comptez pas sur moi pour lui offrir des fleurs.

PERVENCHE
Mais moi je suis une fleur, une fleur orpheline *(Montrant le corps.)* et encore plus maintenant. Une rose noire *(Souriante.)* ou un oiseau blanc. *(Cessant de sourire.)* J'espère que vous me laisserez emporter l'arrosoir de grand-père.

LA DUCHESSE
Pour quoi faire?

PERVENCHE
Pour faire sur sa tombe la pluie et le beau temps.
Elle sort.

La Duchesse, *écœurée.*

Et ça s'appelle un oiseau! Moi j'appelle ça une oie blanche. Avec ses grands yeux bleus… c'est vraiment dégoûtant. *(On frappe.)* Entrez!

Un fossoyeur entre (ou un croque-mort). Il tient à la main une ficelle.

Le Fossoyeur

Excusez-moi, je venais prendre les mesures du corps.

La Duchesse

À la bonne heure! Vous, au moins, vous êtes rapide.

Le Fossoyeur

Oui. Ne vous inquiétez pas, ce ne sera pas long.

Il s'approche d'elle et commence à prendre ses mesures avec sa ficelle.

La Duchesse

Oh, voyons, vous êtes fou! Qu'est-ce qui vous prend? Je croyais… *(Elle montre le corps.)*

Le Fossoyeur

Simple malentendu, madame la Duchesse. *(Montrant le corps à son tour.)* Je ne suis pas venu pour lui. C'est monsieur le Duc qui m'a envoyé… «La Duchesse ne va pas tarder; une vieille lampe…» Voilà ce qu'il m'a dit : «Ouvrez très vite la porte en entrant, un courant d'air, un souffle, un rien et elle s'éteint.»

LA DUCHESSE
Quelle horreur !

LE FOSSOYEUR, *très simple.*
Pour une horreur, vous en êtes une, c'est pas sujet à discussion.
Le Duc entre.

LE DUC, *enjoué.*
Je voudrais bien savoir par où diable est passée la petite-fille du jardinier, une enfant merveilleuse, gaie comme un pinson, fraîche comme une rose. *(Soudain il aperçoit le Fossoyeur.)* Ah vous voilà, vous ! *(Puis, jetant un bref coup d'œil sur le corps du Jardinier.)* Enfin me voilà veuf *(hochant la tête en souriant),* c'est à n'y pas croire : on dirait qu'elle va parler.

LA DUCHESSE
Mais je parle !

LE DUC, *surpris.*
Ah ! *(Désappointé.)* C'est vous, amie. *(Montrant le corps.)* Excusez-moi, j'étais tout à fait persuadé…

LA DUCHESSE

Ne vous excusez pas, vous êtes myope comme une taupe.

LE DUC

Au royaume des taupes toutes les taupes… toutes les taupes… enfin toutes les taupes, je me comprends. *(Brusquement, montrant le corps.)* Mais qui est-ce ?

LE FOSSOYEUR

Le Jardinier.

LE DUC, *à la Duchesse.*

À cet âge-là, tu sais *(galant),* une belle jardinière ou un vieux jardinier, enfin c'est du pareil au même.

LA DUCHESSE

Et toi, tu es si jeune !

LE DUC

Jeune, non, mais enfin solide comme le Pont-Neuf.
Il met la main sur son cœur et s'écroule sur une chaise.

LA DUCHESSE

Comme le Pont-Neuf, vous l'avez dit vous-même.

LE DUC, *d'une voix mourante.*

S'il y avait un prêtre… j'aimerais bien, oui, bavarder un peu avec lui, parler de choses et d'autres.

La Duchesse, *radieuse, au Fossoyeur.*
Allez chercher l'Abbé.
L'Abbé entre.

L'Abbé
Inutile, je suis là.

La Duchesse
Vous écoutiez à la porte ?

L'Abbé, *très simple.*
Au confessionnal, nous écoutons bien à la petite fenêtre. Quelle différence ? *(S'approchant de la Duchesse et lui passant très doucement la main sur l'épaule.)* Vous vous sentez très mal ?

La Duchesse, *suffoquée.*
Vraiment, ce n'est pas la peine d'écouter aux portes. *(Montrant le Duc.)* Mais c'est lui qui est au plus mal.

Le Duc
Hélas, la Duchesse a raison : je n'en ai plus pour longtemps.

L'Abbé
Nous en sommes tous là… à quelques années près, fort heureusement.

LE DUC, *à la Duchesse.*

Dites-moi adieu, amie, et surtout pas au revoir!

Il s'écroule, tombe de sa chaise et reste couché près du Jardinier.

LE FOSSOYEUR, *hochant la tête.*

Ce que c'est que de nous!

LA DUCHESSE, *bouleversée.*

Nous! J'espère que c'est une façon de parler!

LE FOSSOYEUR

Excusez-moi, ce n'était pas pour vous froisser, mais je vous assure que je ne parlais pas pour moi, parce que moi, j'ai beau entrer dans les quatre-vingt-quatre, sauf votre respect, je vous fous mon billet que je les enterrerai tous. *(Il les montre.)* D'ailleurs, je suis là pour ça. *(Brusquement hurlant.)* Tous!

Portant soudain la main à son cœur, il s'écroule à son tour.

LA DUCHESSE

Voilà ce que c'est que de parler trop tôt. *(Rêveuse.)* Enfin, encore un de moins.

Elle sourit, regardant l'Abbé qui se penche sur le Fossoyeur.

L'ABBÉ

Alors, mon fils?

LE FOSSOYEUR, *à voix basse mais aussi mourante que celle des précédents.*
Mon fils, ça c'est gentil!

LA DUCHESSE, *à l'abbé.*
Mais ça ne vous rajeunit pas, l'Abbé. *(L'Abbé, sans répondre, reste courbé devant le corps du Fossoyeur et pousse soudain un cri terrible.)* Qu'est-ce qui vous prend, l'Abbé?

L'ABBÉ, *d'une voix déjà mourante un peu elle aussi.*
Qu'est-ce qui me prend? Qu'est-ce qui va me prendre plutôt et m'emmener? *(Éclatant en sanglots sans pouvoir se redresser et montrant d'un bras exténué les autres corps.)* Quand je pense que, moi aussi, je vais être obligé de quitter cette vallée de larmes… *(Il sanglote.)* Si vous croyez que c'est drôle!

LA DUCHESSE
Voyons, l'Abbé! *(Mais soudain « aux petits soins ».)* Voulez-vous un prêtre?

L'ABBÉ
Un prêtre?

LA DUCHESSE
Pardonnez-moi, j'oubliais à qui je parlais.

L'ABBÉ

J'aimerais mieux un médecin.

LA DUCHESSE

Où avais-je la tête ? j'aurais dû y penser.
Un médecin entre. Il est très triste.

LE MÉDECIN, *à la Duchesse, et sans d'abord voir les corps.*

Hier, le Duc m'avait demandé de venir vous voir. Il
était très inquiet. Vous vous sentez mieux ?

LA DUCHESSE

Moi ? Je ne me suis jamais si bien portée.

L'ABBÉ

Docteur...
*Le Médecin aperçoit le prêtre, se précipite, lui prend le pouls, lui
tâte les yeux et hochant la tête, se relève.*

LE MÉDECIN

Trop tard ! *(Puis apercevant les autres corps.)* Mais c'est une
épidémie !

LA DUCHESSE, *avec un grand geste.*

Ils sont tous morts.

LE MÉDECIN

C'est bien ce que je disais : une épidémie, la mort.

(Soudain jovial.) La vie aussi est une épidémie, s'attrape de père en fils ou de mère en fille, si vous préférez, c'est le vieux médecin de la famille qui vous parle, en ce qui nous concerne, une sale maladie la vie, mais croyez-en ma vieille expérience : un seul remède, la chirurgie. *(Il sort un rasoir de sa poche.)* Il n'y a que cela qui ait fait des progrès...

Il se tranche la gorge et tombe.

LA DUCHESSE

Oh, mon tapis ! *(Elle sonne, elle sonne, elle attend un instant, puis comme personne ne vient, se met à hurler.)* Oh ! je sonne et personne !

Un Valet de chambre arrive enfin. Il est très dur d'oreille et, vu son grand âge, se meut avec difficulté.

LE VALET DE CHAMBRE

Madame a sonné ?

LA DUCHESSE

En voilà une question !

LE VALET DE CHAMBRE, *sans entendre.*

Que madame la Duchesse me comprenne, mais je n'entends plus la sonnette. *(Montrant son oreille d'un geste triste et qui en dit long.)* Alors, je viens de temps à autre, au petit bonheur la chance. *(Se redressant et s'inclinant.)* Madame la Duchesse a sonné ?

La Duchesse, *excédée, elle se penche et lui hurle dans le tuyau de l'oreille.*

Mais enfin, Félicien, pourquoi me poser une question pareille?

Le Valet de chambre

Parce que c'est l'usage, madame la Duchesse *(élevant péniblement la voix)* et plutôt que de renoncer à l'usage, oh! j'aimerais mieux, oui, j'aimerais mieux... *(d'une voix qui s'éteint, elle aussi, peu à peu)* que madame la Duchesse me pardonne, mais j'aimerais mieux crever! *(Il s'écroule à son tour et c'est d'une voix mourante qu'il continue à supplier la Duchesse.)* Madame la Duchesse a-t-elle sonné? Oh, que madame la Duchesse me dise si elle a sonné! Cela sera pour moi un réconfort, un dernier mot d'espoir avant de m'en aller. *(Et comme la Duchesse observe un méprisant mutisme, il insiste.)* Madame la Duchesse a-t-elle sonné?

La Duchesse, *haussant les épaules.*

Non, je n'ai pas sonné.

Le Valet de chambre

Oh! quelle affreuse erreur! Que madame la Duchesse me pardonne... j'étais entré sans frapper!

La Duchesse

Enfin, sonné ou pas sonné... puisqu'il n'a rien entendu.

LE VALET DE CHAMBRE

Oh ! je ne vais tout de même pas mourir comme ça !
Que madame la Duchesse appelle l'aumônier. Je lui
expliquerai que je suis dur d'oreille, il me comprendra et il m'absoudra.

LA DUCHESSE

Je regrette, Félicien, de vous contrarier mais l'Abbé
est décédé... et comme nous n'avions que celui-là
sous la main...

LE VALET DE CHAMBRE, *désespéré.*

Décédé ! *(D'une voix de plus en plus basse.)* Et il y a longtemps ?

LA DUCHESSE

Cinq minutes à peine.

LE VALET DE CHAMBRE, *avec une lueur d'espoir dans le regard.*

Cinq minutes ? Bon, je le rattraperai en route.
Il meurt.

LA DUCHESSE, *souriante.*

Encore un de moins ! *(Et désignant d'un geste las les morts allongés.)* Et dire que j'attendais Du Monde !
Du Monde entre.

DU MONDE, *voyant le carnage.*

Oh! mais c'est affreux, épouvantable, horrible, enfin que dire… et comment se taire! Et tellement inattendu, mais c'est à se trouver mal, oui, c'est à tomber raide et à mourir de peur!

Et Du Monde tombe raide et meurt de peur.

LA DUCHESSE, *regardant Du Monde les bras en croix allongé sur le sol.*

C'était bien gentil à vous d'être venu, mais qu'est-ce que vous voulez!

Et comme elle va se regarder devant un grand miroir, elle aperçoit Pervenche qui, elle aussi, entre sans frapper.

PERVENCHE

Je viens pour l'arrosoir. Avez-vous réfléchi?

LA DUCHESSE, *souriante.*

Oui. Tout ce qui est ici est à moi. Vous tenez à cet arrosoir? Je le garde. Si je vous le donnais, où serait mon plaisir (*De plus en plus souriante.*) puisque vous en avez le désir?

PERVENCHE

Je le dirai à mon grand-père.

LA DUCHESSE, *de plus en plus souriante, désignant le corps.*

Il est mort.

PERVENCHE

Il fait peut-être seulement semblant.

LA DUCHESSE, *éclatant de rire.*

Oh! quelle absurdité!

PERVENCHE

Vous faites bien semblant d'être vivante.

LE JARDINIER, *levant la tête.*

Ça, c'est envoyé! *(Puis se levant tout entier.)* Bien sûr, enfant, j'avais fait semblant pour avoir la paix.

LA DUCHESSE, *très décontenancée.*

Et les autres?

LE JARDINIER

Les autres, ils sont comme vous : ni tout à fait morts ni tout à fait vivants. Ils s'abîment, ils s'en vont! Enfin, c'est la liquidation!

PERVENCHE

Viens, grand-père! *(Puis à la Duchesse.)* Pour l'arrosoir, vous pouvez le garder. D'abord, il est en or et trop lourd à porter.

Pervenche entraîne son grand-père.

LA DUCHESSE

Oh! Je n'ai jamais vu de ma vie une petite fille si mal

élevée! *(De plus en plus outrée, choquée.)* Et ça s'appelle un oiseau, et ça s'appelle une fleur!

Pervenche, *souriante.*
Les oiseaux ne sont pas des anges.

Le Jardinier
Les fleurs ne sont pas toutes des pensées.

La Duchesse, *les regardant partir.*
Sans-cœur! *(La Duchesse reste seule avec ses morts. Un chien entre.)* Ah! te voilà toi! *(Le chien flaire les morts avec d'abord un peu d'horreur et puis bientôt beaucoup d'indifférence.)* La patte, Joli Cœur, la patte, Cœur Joli, et vite!

Cœur Joli donne la patte à la Duchesse et s'enfuit. On entend la chanson de Cœur Joli qui, trottant sur trois pattes, s'en va retrouver le Jardinier et Pervenche, ses amis.

Cœur Joli
La façon de donner
vaut mieux que ce qu'on donne
La faridondaine la faridondon
la furie mondaine
la folie sans doute...
La Duchesse agite machinalement la patte du chien, comme au cimetière le goupillon bénit, au-dessus des morts couchés sur le tapis. Le rideau tombe.

En famille

Personnages

La mère est seule dans la maison. Le fils entre. Il est jeune, pâle, fébrile, échevelé. Il va se jeter contre le mur.

LE FILS

Ferme la porte, mère, vite, je t'en prie !
La mère, hochant la tête, ferme la porte avec un profond soupir.

LA MÈRE, *poussant le verrou et poussant en même temps un profond soupir comme son enfant.*

Le verrou… Voilà ! *(Examinant son fils.)* Voyez-vous ça, il entre en coup de vent et il crie, et il tremble de tous ses membres.

LE FILS

Oh ! mère, si tu savais…

LA MÈRE

Je ne sais pas mais je m'en doute… *(Avec un bon sourire.)* Tu as encore fait des bêtises !

LE FILS

Hélas!

LA MÈRE

Et pourquoi cette fièvre, et ce regard inquiet, et qu'est-ce que tu caches sous ton bras?

LE FILS

C'est la tête de mon frère, mère.

LA MÈRE, *surprise.*

La tête de ton frère!

LE FILS

Je l'ai tué, mère!

LA MÈRE

Était-ce bien nécessaire?

LE FILS, *faisant un geste lamentable avec ses bras.*

Il était plus intelligent que moi.

LA MÈRE

Pardonne-moi, mon fils, je t'ai fait comme j'ai pu... je t'ai fait de mon mieux... Mais qu'est-ce que tu veux, ton père, hélas, n'était pas très malin lui non plus! *(Avec à nouveau un bon sourire.)* Allez, donne-moi cette tête, je vais la cacher... *(Souriante.)* C'est pas la peine que les voisins soient au courant. Avec leur malveillance ils seraient capables d'insinuer un tas de choses… *(Elle examine la tête.)*

LE FILS, *angoissé.*
Ne la regarde pas, mère!

LA MÈRE, *sévère mais enjouée.*
Manquerait plus que ça, que je ne regarde pas la tête de mon aîné une dernière fois!… *(Puis tendrement.)* Évidemment, tu es mon préféré, mais tout de même, n'exagérons rien, «on connaît son devoir!» *(Examinant à nouveau la tête.)* Et voyez-vous ça, petit garnement. Non seulement il tue son frère, mais il ne prend même pas la peine de lui fermer les yeux! *(Elle fait la chose.)* Ah! ces enfants, tout de même! *(souriante.)* Si je n'étais pas là! *(Réfléchissant.)* Je pense que dans le cellier derrière la plus grosse pierre…

LE FILS, *inquiet.*
Dans le cellier, mère, tu ne crains pas vraiment que… vraiment…

LA MÈRE, *désinvolte.*
Rien à craindre : c'est là où, déjà, j'ai mis la tête de ton père quand je l'ai tué, il y a vingt-cinq ans.

LE FILS
!!!

LA MÈRE

Eh oui, j'étais jeune, amoureuse, j'étais folle ; j'ai-
mais rire, danser… *(Elle sourit.)* Ah ! jeunesse, folies et
billevesées !… *(Elle va sortir.)* Je reviens tout de suite…
N'oublie pas de mettre le couvert.

LE FILS

Bien, mère.

LA MÈRE, *se retournant sur le pas de la porte.*

Et le corps ? Fils, qu'est-ce que tu as fait du corps ?

LE FILS, *après une légère hésitation.*

Le corps ? Il court encore…

LA MÈRE

Ah ! jeunesse ! Tous les mêmes… toujours dehors à
galoper, gambadant par monts et par vaux…
*Elle sort. Le fils reste seul et commence à mettre le couvert. Sou-
dain on frappe.*

LE FILS

???
On frappe à nouveau.

LE FILS, *inquiet.*

Qui est là ? *(Aucune réponse, mais à nouveau des coups frap-
pés.)* Qui est là ? *(Les coups redoublent mais aucune réponse*

ne se fait entendre.) Quelqu'un frappe, je questionne, et personne ne me répond... Mais une force invincible me pousse à tirer le verrou...

Il s'avance, tire le verrou et recule, épouvanté. Le corps entre. C'est le corps sans tête d'un jeune homme qui a beaucoup couru et qui est tout essoufflé. Le fils sans rien dire, mais très embêté, regarde le corps de son frère qui va et vient dans la pièce, visiblement très décontenancé.

LE FILS

Assieds-toi... *(Il avance une chaise que l'autre évidemment ne voit pas.)* Évidemment... *(Profond soupir.)*

LA MÈRE, *entrant, alerte et réjouie.*

Ça y est... la chose est faite... *(Soudain, elle aperçoit, qui va et vient, son fils sans tête.)* Ah! te voilà, toi! Eh bien tu es joli! *(Tout en parlant, elle pose sur la table les assiettes du repas.)* A-t-on idée vraiment de se mettre dans des états pareils! Et tout essoufflé avec ça... Allez... *(Elle le prend par le bras affectueusement.)* À table, et mange ta soupe... *(À son autre fils.)* Et toi aussi. *(Et affectueuse et compréhensive.)* Et puis, hein, j'espère que vous n'allez pas encore vous disputer? Allez, donnez-vous la main et faites la paix...

LE FILS

Mais, mère!

LA MÈRE

Tu m'entends, oui?

LE FILS, *soumis.*

Oui, mère.

Il prend doucement la main de son frère sans tête et la secoue.

Ne m'en veux pas... J'ai agi dans un moment de colère...

LA MÈRE

À la bonne heure. *(Regardant ses enfants avec une immense tendresse.)* Mais c'est pas tout ça, ta soupe va refroidir...

LE FILS, *commençant à manger sa soupe, s'arrête soudain, l'appétit coupé.*

Mais mère!... *(Désignant son frère sans tête.)* Il ne pourra pas, lui, la manger... *(il sanglote)* sa soupe!...

LA MÈRE, éclatant.

Manquerait plus que ça! *(Puis avec un bon sourire.)* Va chercher l'entonnoir...

LE FILS

L'entonnoir, mère?...

LA MÈRE

Bien sûr, grosse bête... *(Elle fait le geste de verser la soupe au-dessus de la « tête » du corps de son fils sans tête.)* Voyons tout de même, c'est pas sorcier... *(Hochant douloureusement la tête.)* Vraiment, on a beau être patient, il y a véritablement des moments... *(hochant de plus en plus douloureusement la tête)* où je me demande ce que j'ai fait au bon Dieu pour avoir des enfants pareils !...

Rideau

À perte de vie

Personnages

L'HOMME
LE SACRISTAIN
L'EMPLOYÉ
L'AUTRE HOMME
LA JOLIE FILLE
L'AVEUGLE
LE MONSIEUR
LE SECOND MONSIEUR
LE MAÎTRE

Dans le quinzième, à Paris, l'église de Saint-Antoine-de-Padoue, boulevard Lefèvre, est à deux pas du bureau des Objets trouvés, rue des Morillons, ainsi que des Abattoirs de Vaugirard, de la Fourrière et du marché aux Chevaux. Non loin on trouve aussi, rue de Dantzig, les Abattoirs porcins.

I

Saint-Antoine-de-Padoue.
L'église est déserte. Seul un homme très pâle et le visage légèrement ensanglanté s'est agenouillé et prie à haute voix.

L'HOMME

Saint Antoine de Padoue, j'ai perdu la vie. Ne soyez pas comme saint Christophe, indifférent à mes vœux : à mon pare-brise, j'avais accroché sa médaille. Saint Antoine, ne restez pas sourd à ma prière. Saint Antoine, je voudrais recouvrer la vie.,.
Un sacristain s'approche.

LE SACRISTAIN, *à voix basse.*

Pourquoi prier si fort ? On n'entend que vous.

L'HOMME

J'ai perdu la vie.

LE SACRISTAIN

Je vous conseille d'aller plutôt aux Objets trouvés, ou à la Fourrière, c'est à côté.

L'HOMME

Mais je ne suis pas un animal.

LE SACRISTAIN

Si, et tout comme moi, et composé d'une âme et d'un corps.

II

Au bureau des Objets trouvés.

Un homme arrive. Il est, comme l'autre, très pâle, le visage légèrement ensanglanté, et tient à son bras une très jolie fille silencieuse et indifférente.

L'EMPLOYÉ

Qu'est-ce que c'est ?

L'HOMME, *désignant la jolie fille.*
　J'ai trouvé la mort!

L'EMPLOYÉ
　Où ça?

L'HOMME
　Rue de la Gaîté. Une voiture m'a renversé. *(Désignant la jolie femme.)* Et Madame est arrivée.
　Elle souriait, mais je dois ajouter qu'elle a souri aussi à l'homme qui conduisait la voiture et qui est entré dans une vitrine en faisant d'épouvantables dégâts.

L'EMPLOYÉ
　Bon! *(Puis, haussant les épaules.)* On dit toujours «bon» quand c'est mauvais. *(Désignant la jolie fille.)* Dans un an et un jour, elle est à vous, si personne n'est venu la réclamer.
　Arrive alors l'homme qui vient de Saint-Antoine.

L'EMPLOYÉ
　Qu'est-ce que c'est?

L'HOMME
　J'ai perdu la vie.

L'EMPLOYÉ
　Où ça?

L'HOMME

Rue de la Gaîté. Je suis entré dans une boutique. «La Belle Polonaise», un café-tabac. *(De plus en plus triste.)* Accident stupide, j'étais dans mon tort.

J'ai perdu la vie. *(Et soudain, découvrant et désignant la jolie fille.)* Mais là voilà! Oh, la voilà! C'est elle!

L'EMPLOYÉ

Vous êtes sûr?

L'HOMME

Oui, c'est est, celle que j'ai pas eue, que j'ai toujours rêvée, celle que j'ai perdue, même qu'elle m'a souri.

L'AUTRE HOMME

Excusez-moi, je ne voudrais pas vous contrarier, mais c'est ma mort et j'y tiens.

L'HOMME

Évidemment, je vous comprends. Elle est si belle.

L'EMPLOYÉ

Ça, on ne peut pas dire le contraire et je me mets à votre place. Enfin, c'est une façon de parler puisque vous êtes mort.

L'HOMME QUI A PERDU LA VIE

Qu'est-ce que ça peut faire! *(Désignant la jolie fille.)* La vie est belle puisque c'est ma vie. Et puis, enfin, une vie de perdue, dix de retrouvées.

L'HOMME QUI A TROUVÉ LA MORT

Moi, je suis mort de ma belle mort et c'est la vie même. Je l'ai trouvée, elle est à moi.

L'EMPLOYÉ

Pas avant un an et un jour. *(Désignant l'autre homme.)* À moins que monsieur n'intervienne afin de chercher à faire valoir ses droits.

LES DEUX ENSEMBLE

– C'est la mienne, elle est à moi!
– Elle est à moi, c'est la mienne!

LA JOLIE FILLE

Je suis à tout le monde… *(Elle les sépare et les entraîne.)* À tout le monde et à personne.

L'EMPLOYÉ

Allez vous y reconnaître!
C'est comme les parapluies. Ils les perdent, ils les retrouvent, le vent les retourne et ça n'empêche pas la pluie de tomber.
Entre un vieil aveugle, avec une canne blanche.

L'AVEUGLE

J'ai perdu la vue.

L'EMPLOYÉ
Allez à la Fourrière, vous trouverez un chien.

L'AVEUGLE
C'est loin?

L'EMPLOYÉ
À deux pas.
L'aveugle s'en va, croisant un monsieur qui boite.

L'EMPLOYÉ
Qu'est-ce que c'est?

LE MONSIEUR
J'ai perdu mon chien, un caniche.

L'EMPLOYÉ
Un chien, ce n'est pas un objet, par exemple…
Entre un autre monsieur.

L'EMPLOYÉ
Qu'est-ce que c'est?

LE SECOND MONSIEUR
J'ai perdu ma canne.

L'EMPLOYÉ, *au premier.*
À la bonne heure! Une canne ce n'est pas un animal,

à moins bien entendu (facétieux) que ce ne soit la femelle du canard. En ce cas, comme monsieur, vous devriez vous adresser à la Fourrière.

LE SECOND MONSIEUR
Ma canne est en bois des îles et j'y tiens.

III

Devant la Fourrière.
L'aveugle, souriant, s'avance avec en laisse un bon chien.

L'AVEUGLE, *au chien.*
Tu pourrais t'appeler «Verni». Un jour de plus et tu passais à la casserole, gazé comme moi en 14.
Survient le monsieur qui a perdu son chien et le reconnaît.

LE MONSIEUR, *hurlant.*
Sultan! Ici Sultan!
Sultan tire sur sa corde et rejoint son maître. L'aveugle tombe. Le maître de Sultan corrige sévèrement son chien.

LE MAÎTRE
Te sauver! Qu'est-ce qui m'a foutu un chien pareil!
Il s'éloigne, cependant que le vieil aveugle cherche à tâtons sa canne blanche, la trouve et péniblement se relève.

Survient le monsieur qui boite et qui, sans sa canne, a beaucoup de peine à garder son équilibre.

LE BOITEUX, *grommelant.*

En bois des îles, et ils me l'ont fauchée ! Bande de voleurs !

Découvrant l'aveugle, il s'approche et, sans hésiter, lui arrache sa canne des mains.

LE BOITEUX

Bande de voleurs ! Bois des îles ou pas, vaut mieux n'importe laquelle que pas du tout.

Il s'éloigne. L'aveugle retombe. Son front heurte le trottoir. Il soulève péniblement sa tête ensanglantée.

La jolie fille le prend par la main, l'aide à se relever et l'entraîne.

L'AVEUGLE

Je me suis fait très mal.

LA JOLIE FILLE

C'est rien.

Ils disparaissent.

Petit carnet
de mise en scène

Cécile Bouillot

Qu'est-ce que la mise en scène?

À l'époque où Jacques Prévert écrit ses pièces et ses sketches, dans les années 1930, le théâtre en France est en pleine évolution. Jusqu'aux années 1920, le théâtre était surtout fondé sur le jeu des acteurs, sur leur personnalité et leur notoriété. Les pièces tendaient vers le naturalisme et l'on cherchait à ce que l'action se déroulant sur la scène soit le plus vraisemblable possible.

Le grand tournant qui a lieu alors est incarné par Jacques Copeau, connu pour être le fondateur de la mise en scène. Face à un théâtre français qu'il juge conventionnel et sans vie, il repense le rôle du metteur en scène, qui, tel un auteur à part entière, doit «signer» ses choix et ses partis pris. Le metteur en scène est celui qui unifie, personnalise et révèle un sens nouveau au texte original. D'où la définition de Jacques Copeau : «Le dessin d'une action dramaturgique, c'est l'ensemble des mots, des gestes et des attitudes, l'accord des physionomies, des voix et des silences. C'est la totalité du spectacle scénique émanant d'une pensée unique qui le conçoit, le règle et l'harmonise. »

Dès lors, le metteur en scène devient responsable de la cohérence globale de la représentation. Il coordonne tout ce qui y contribue : le jeu des acteurs, le décor, les costumes, l'éclairage et le son.

Le jeu

Deux familles de personnages

Le Tableau des merveilles oppose deux sortes de personnages. Les uns sont désignés par leur fonction, leur état : le préfet, le sous-préfet, le capitaine, le mendiant, l'enfant; ils n'ont en général ni prénom ni nom. Prévert n'indique d'eux que la place qu'ils occupent dans la société. En revanche, d'autres personnages (les artistes et les amoureux) sont identifiés personnellement : Juana, Térésa, Chanfalla, Chirinos et Juan.

Cette distinction n'est pas anodine ni hasardeuse : en les nommant, Prévert confère à chacun une histoire, une dimension humaine.

Le jeu des acteurs doit aider à comprendre cette opposition en la soulignant.

Le jeu masqué
de la commedia dell'arte

Pour caractériser le premier groupe de personnages, il serait pertinent de s'inspirer de la technique du jeu masqué qui nous vient de la commedia dell'arte (née en Italie au XVIIe siècle). Dans ce genre de théâtre, les acteurs jouaient des « personnages types », fondés sur des critères précis et reconnaissables. Ils portaient un masque qui identifiait immédiatement leur rôle et les rendait reconnaissables d'une pièce à l'autre. Leur jeu était large, outré, virevoltant et cabriolant.

Par exemple, Arlequin était toujours un jeune homme pauvre, vif d'esprit et rusé. Pantalon était un vieillard bougon, avare, exploiteur, refusant le bonheur des amoureux – caractère qui peut servir de modèle pour les rôles du préfet et du sous-préfet. Les capitaines étaient des guerriers vantards et peureux, comme celui de la pièce.

Seuls les amoureux ne portaient pas de masque, mais les jeunes femmes amoureuses devaient être jolies, raffinées, coquettes, rarement en accord avec leurs pères. Dans *Le Tableau des merveilles*, Juana ne veut pas de l'époux que son père lui a choisi.

Comment caractériser les personnages ?

Le masque n'est pas indispensable, il peut tout à fait être remplacé par un élément de costume ou un accessoire.

L'important est de fortement caractériser le personnage, ce qui peut se faire également par le corps, la démarche ou la voix. On peut lui donner un accent, un défaut de prononciation, toute sorte de particularité physique qui en fera une figure vivement colorée et identifiable.

Par exemple, pour le capitaine, l'élément «masque» peut être un casque. Du coup, sa démarche serait raide, comme lors d'un défilé. Il garderait le dos droit, le menton levé, la tête redressée pour contrebalancer le poids du casque. Prévert nous donne une indication précise sur sa voix : «*Finis ta phrase. Tu fais des bruits de bottes avec ta bouche, des bruits pour nous faire peur.*» Bien sûr, le comédien, lui, finira ses phrases, mais il peut s'interrompre plusieurs fois. Il peut avoir le hoquet ou bégayer, il peut aussi avoir un tic, claquer la langue dans sa bouche, par exemple

Le préfet et le sous-préfet sont, à l'évidence, des caricatures d'hommes politiques prétentieux et contents d'eux-mêmes. On peut ici s'inspirer de certaines marionnettes des «Guignols de l'info». Prévert lui-même a écrit plusieurs pièces qui parodiaient des hommes politiques de son époque. Pourquoi ne pas essayer d'imiter des voix connues, si on en est capable ?

En stylisant à l'extrême les gestes et les attitudes, les acteurs donnent à leur personnage une véritable authenticité, mais attention ! le grossissement du trait ne doit jamais être artificiel, plaqué ni gratuit. Il doit naître de la force d'une sensation, d'une émotion.

Voilà plusieurs pistes à explorer, en sachant qu'une ou deux contraintes suffisent à définir un personnage. Trop de caractéristiques dans un seul personnage peuvent créer de la confusion.

Un jeu plus naturel

On aurait intérêt, à l'inverse, à jouer le second groupe de personnages (les amoureux et les artistes) de manière naturelle, sans masque, et à parler et agir d'une façon simple, «normale», sans exagération.

N'oublions pas cependant que nous sommes sur une scène, éloignés du public, dans un rapport qui n'est pas naturel. Il faut soutenir sa propre voix : elle doit toujours être bien timbrée pour atteindre tout le public. Même sur le ton de la confidence, un secret doit être entendu par tous les spectateurs, y compris ceux des derniers rangs.

Les personnages-fonctions
d'*Entrées et sorties*

Les personnages d'*Entrées et sorties* sont, eux aussi, désignés par leur fonction. Le personnage principal, la Duchesse, demande à être très fortement identifié et caractérisé. Le Fossoyeur lui dit : «*Pour une horreur, vous en êtes une.*» L'actrice pouvant plus difficilement manifester cette horreur par son corps, puisqu'elle est assise, c'est par son visage qu'elle va l'exprimer. Une mâchoire inférieure exagérément avancée la rendra grimaçante et altérera sa façon de parler. Ou alors elle peut loucher, porter des lunettes qui grossissent l'iris de l'œil Dans la démesure nécessaire de son jeu, elle passera sans nuance d'un état psychologique à l'autre : follement ravie, puis aussitôt écœurée, puis de nouveau radieuse, et enfin suffoquée, bouleversée.

Le Jardinier «*est âgé et paraît fatigué*». L'acteur peut se tenir courbé, une main sur les reins. Obligé de se tordre le cou, il fait un grand effort pour lever les yeux vers la Duchesse sur son trône.

Le Duc est «*myope comme une taupe*». Les yeux constamment plissés, les mains en avant, il traîne les pieds, se cogne, marche en zigzag.

Le Valet de chambre, obséquieux, peut se pencher sans arrêt en avant pour marquer exagérément son respect.

Un jeu naturel
pour souligner l'horreur

En revanche, dans la pièce *En famille,* le jeu a besoin d'être extrêmement naturel, mais en décalage total avec la situation. La mère est calme, douce, souriante. Elle conserve cette maîtrise même lorsque son fils lui apprend qu'il a tranché la tête de son frère, «*parce qu'il était plus intelligent* » que lui. L'inconséquence du personnage de la mère doit être soulignée par le jeu le plus simple et le plus serein possible. C'est par le «naturel» et la clarté de cette interprétation que l'horreur et l'indécence de la situation vont surgir. Attention : le jeu «naturel» doit être aussi travaillé qu'un jeu plus outré, en apparence plus sophistiqué

Le fils doit être interprété dans un style plus lyrique, voire tragique. D'où sa fièvre et son regard inquiet. Son ton emphatique – il termine souvent ses phrases par « *mère* » – implique une articulation parfaite, un rythme lent et pesant.

Jeu et espace de jeu

Le jeu des acteurs sert essentiellement à caractériser un personnage, mais il peut aussi aider à imaginer l'espace dans lequel se déroule l'action. Par exemple, dans la scène III de *À perte de vie*, le texte n'indique que « *la rue* ». Or il est possible de «donner à voir» la rue en marchant, en regardant vers le public, derrière soi, devant soi, comme s'il y avait un passant ou un poteau imaginaire : par le regard, le comédien peut créer la notion d'extérieur et suggérer que l'on se trouve dans une rue ou dans un lieu public.

Puisque dans un théâtre nous sommes par définition à l'intérieur, dans un lieu fermé, le jeu du comédien – son expression, ses gestes, ses regards... – est un moyen de signifier l'extérieur sans avoir recours à des éléments de décor (ciel peint, etc.).

Les comédiens peuvent aussi faire sentir aux spectateurs le climat, l'atmosphère. Par exemple, en se frottant les mains ou en tapant des pieds, ils suggéreront qu'il fait froid.

Si vous avez peu de moyens matériels, réfléchissez, vous pouvez exprimer beaucoup plus de choses que vous ne le croyez par l'ensemble du jeu et de la mise en scène.

Le décor

Le théâtre dans le théâtre

La première pièce de ce recueil, *Le Tableau des merveilles*, illustre bien les enjeux de la mise en scène puisqu'elle raconte justement l'histoire d'une troupe de comédiens qui viennent monter un spectacle.

Le Tableau des merveilles est en fait une adaptation d'un « intermède » écrit au XVIᵉ siècle par Cervantès, l'auteur de *Don Quichotte*. L'adaptation avait été demandée à Prévert par Jean-Louis Barrault, en 1935. Jean-Louis Barrault qui, rappelons-le, joue le rôle de Baptiste dans *Les Enfants du paradis* de Marcel Carné, dont le scénario est de Prévert. Le thème central du *Tableau des merveilles* est donc le théâtre lui-même : deux saltimbanques, Chanfalla et sa compagne Chirinos, viennent représenter une pièce de théâtre dans un village. Les comédiens jouent donc le rôle de comédiens.

Cette façon d'inclure une pièce dans la pièce est appelée «mise en abyme». L'expression, que l'on doit à l'écrivain André Gide, désigne ce type de procédé artistique ou littéraire qui produit un effet de miroir, l'effet «Vache qui rit»!

Il faudrait tâcher de mettre en valeur ce sujet classique : le théâtre dans le théâtre.

Comment montrer ou suggérer cet emboîtement de spectacle?

Prévert décrit le décor du spectacle que montent Chanfalla et Chirinos dans une indication très précise : «*Un drap blanc, une couverture blanche ou n'importe quoi de blanc, est tendu entre deux piquets ornés de quelques minables guirlandes. Devant cette modeste scène, des bancs et des chaises sont rangés.*»

Ici, nous pourrions suivre à la lettre l'indication de Prévert et bâtir notre propre décor à partir d'un simple drap blanc. Dans ce cas-là, sur la scène, le même décor apparaîtra deux fois, comme deux poupées russes qui s'emboîtent l'une dans l'autre. Chanfalla et Chirinos construisent leur propre décor à l'image du décor dans lequel ils évoluent eux-mêmes, mais sans le savoir.

Les spectateurs deviennent acteurs

Au deuxième tableau, quand Chanfalla désigne le drap blanc et dit : « *C'est ici que les merveilles vont commencer* », il désigne aussi le décor de notre représentation. Il s'adresse non seulement aux villageois de sa représentation mais aussi à nous-mêmes, spectateurs de la pièce de Prévert. Ainsi, Chanfalla nous intègre à son spectacle.

Pourquoi alors ne pas proposer à des personnes dans le public de monter sur scène pour jouer le rôle de villageois ?

Ceci permet de casser le mur invisible qui sépare les acteurs de la scène et l'on peut parier que Prévert lui-même n'aurait pas hésité à le faire. Ses pièces et ses sketches étaient écrits dans un esprit libre, spontané, avec et pour des amis. Dans les années 1930, le France connaissait de nombreux mouvements sociaux, grèves, manifestations. Prévert était alors lié à des groupes de théâtre totalement informels, engagés, à l'esprit souvent contestataire et insolent – dont le groupe Octobre. L'écrivain et ses amis jouèrent ainsi dans des usines, des locaux désaffectés, avec des ouvriers, des grévistes Il n'y avait pas de frontière nette entre les professionnels d'un côté, les non-professionnels de l'autre. Tout le monde participait au spectacle.

Un théâtre libre

Entrées et sorties illustre également le côté informel et spontané du théâtre de Prévert. La pièce a d'ailleurs pour sous-titre *Folâtrerie*, qui lui confère un ton libre, gai, et marque sa nature désinvolte.

Le décor est un salon de château. Plutôt que d'accumuler des meubles et des objets, pourquoi ne pas imaginer de confectionner un fond peint qui représenterait l'intérieur stylisé d'un château : grands miroirs, cheminée, candélabres, toiles de maître au mur, etc. ?

L'auteur indique qu'il y a un tapis : on peut simplement le dessiner au sol. Et ce serait dans cet espace que chacun des personnages viendrait successivement s'écrouler aux pieds de la Duchesse.

Enfin, à l'aide d'une chaise posée sur une table assez grande et d'un tissu recouvrant le tout, on peut aisément figurer un trône : la Duchesse y est assise pendant toute la pièce, et tous les personnages tombent à ses pieds.

Changer de lieu

Dans la pièce *À perte de vie,* le décor tient une place importante car il peut permettre d'indiquer les changements de lieu à mesure que se déroule l'action. Imaginons que nous avons trois éléments à notre disposition – une table, un drap et un seul accessoire. Comment peut-on faire exister trois lieux différents (une église, un bureau des objets trouvés, et la rue, devant la fourrière) à partir de ces trois éléments seulement ?

Dans la première scène, à l'église, la table est au milieu

de la scène et un drap la recouvre entièrement. Sur le drap on a dessiné une croix. Devant cet « autel », se trouve un prie-Dieu.

Dans la deuxième scène, le drap n'est plus sur la table. Le prie-Dieu est derrière celle-ci et sert de siège. L'employé est appuyé contre le dossier.

Dans la troisième scène, la table est renversée, ses quatre pieds vers le plafond. Le drap est posé à l'envers sur les pieds, recouvrant les côtés et l'arrière de la table. Le spectateur peut donc voir l'intérieur comme si c'était une cage. On peut même ajouter une peluche à l'intérieur ! car n'oublions pas qu'à l'époque de Prévert, la Fourrière conservait les animaux perdus.

Apprendre à délimiter l'espace

Que faire si l'auteur ne donne pas ou peu d'indication d'espace ? Dans ce cas-là, c'est aux acteurs et au metteur en scène de créer l'espace de jeu. Quel que soit le lieu où l'on a décidé de jouer la pièce – chambre, salle de classe, gymnase, théâtre –, il est important de délimiter au sol, à l'aide d'une craie, d'une ficelle, d'une traînée de sable ou tout simplement d'un tracé imaginaire, l'espace où l'on sera en jeu. Tant que l'acteur est à l'extérieur du trait, il ne représente rien, sinon lui-même. Sitôt qu'il est entré dans l'espace de jeu, il est un personnage actif, appartenant à la pièce, hors de notre monde.

Dans la pièce *En famille* par exemple, il est précisé que

l'action se déroule dans une maison. Mais au fond, elle peut se jouer n'importe où. De même, quand le fils entre, il est dit qu'il se jette contre le mur, mais il peut aussi se jeter à terre. Le plus important est de traduire l'élan et la violence du personnage à la limite de la folie parce qu'il vient de tuer son frère.

Les costumes

Le costume est un élément très important, qui peut donner beaucoup de vie au personnage si celui qui le porte apprend à l'habiter et à le faire vivre.

Faites un essai, choisissez un costume, même simple. Une fois que vous l'aurez revêtu, regardez-vous dans une glace : la transformation créée par ce nouvel habit réveille l'imaginaire et incite le corps à rechercher des positions nouvelles – modification de la démarche, essai de différentes mimiques et grimaces du visage, amplification de la voix.

Se laisser conduire ainsi fait partie du travail de préparation du comédien. On tâtonne devant son miroir, puis devant ses camarades, et bientôt *avec* eux. Alors commence le jeu, et le personnage peut petit à petit s'affirmer au milieu des autres.

Dans le théâtre masqué en particulier, il faut dessiner et

appuyer la silhouette afin qu'elle aille totalement dans le sens de la composition. Il ne faut pas hésiter à tendre même vers une certaine exagération.

Par exemple, si la Duchesse d'*Entrées et sorties* est vêtue d'une robe aux couleurs vives et mal assorties, trop de bijoux et de maquillage, elle inspirera plutôt le mauvais goût et l'horreur que la grande classe aristocratique.

Le Jardinier, lui, peut porter un grand tablier avec un sécateur dépassant d'une poche. Il peut même avoir une grande pelle sur laquelle il s'appuie, le menton sur les mains jointes, pour se reposer.

Le costume peut aussi servir à donner l'idée du lieu, exactement comme le jeu du comédien. Dans *À perte de vie*, le costume étriqué de l'employé indiquera ainsi le bureau et l'administration (les objets perdus). Si le personnage revêt un manteau, cela montre au contraire que nous allons sortir dans la rue.

Quelle que soit la mise en scène, aussi simple soit-elle, tout se tient et se définit. Le décor, de même que le costume, soulignent le jeu et l'interprétation des comédiens, et vice versa. Autres éléments qui viennent compléter et parfaire cet ensemble cohérent qu'est la mise en scène : la musique et l'éclairage.

La musique

Dans *Le Tableau des merveilles*, la musique est primordiale. Elle est presque un personnage tant elle se confond avec le rôle de l'enfant. Encore une fois, le texte aidera à la définir : « *C'est la musique de mon enfance.* » « *Ma musique aussi est déchirée : décollée, elle a les nerfs à vif.* » « *Quel bruit! Mais c'est une musique de cimetière.* » « *C'est pas de la mélodie, c'est du vert-de-gris...* » « *Ma famille est cachée dedans, c'est elle qui pousse le cri du souvenir.* » « *Mais cette musique de terrain vague...* »
Ces indications peuvent évoquer le rap ou certaines musiques qui racontent l'exclusion, la violence, la détresse sociale. Elles peuvent même évoquer la techno : une musique insupportable pour l'adulte parce qu'elle met en évidence le désespoir rageur d'une jeunesse révoltée.

Dans *Entrées et sorties*, Prévert précise qu'on entend très nettement « *le bruit d'une corde de violoncelle qui se brise* », juste avant que le Jardinier ne s'écroule. Ce bruit pourrait revenir comme un leitmotiv à chaque fois qu'un personnage tombe. Cela créerait une tension, une angoisse qui rythmerait tout le spectacle.

L'éclairage

La lumière est un des moyens de dessiner l'espace, surtout si le décor est dépouillé, sans accessoires ni meubles. En n'éclairant que certains endroits du plateau, on définit des espaces différents : ce qui donne l'illusion que l'on change de lieu.

On peut aussi isoler l'acteur dans un cercle de lumière. On appelle «poursuite» le projecteur unique braqué sur l'acteur, qui le suit dans ses évolutions. Cette technique peut être utile pour accompagner un monologue. On utilise plutôt le «plein feu» (une lumière uniformément répandue avec une forte intensité) pour un jeu large, volontiers outré, comme le jeu masqué par exemple.

Il n'est pas nécessaire de disposer de moyens techniques extrêmement sophistiqués pour s'initier à l'éclairage. Un ou deux projecteurs peuvent suffire, et on peut se contenter de la lumière naturelle. N'oublions pas que Prévert jouait dans de petits cabarets, des salles de réunion ou des ateliers improvisés plus souvent que dans de «vrais» théâtres.

Conclusion

« Consentez, je vous prie, à bannir de votre esprit toutes les images et les idées qui se rattachent à la conception banale du théâtre », rappelait Jacques Copeau. « Plus la scène est nue, plus l'acteur peut y faire naître des prestiges. Plus elle est austère et rigide, plus l'imagination y joue librement. Sur cette scène aride, l'acteur est chargé de tout réaliser, de tout tirer de lui-même. » Même dans un projet amateur, une mise en scène modeste, il est possible de faire siens ces mots et de construire le pur spectacle de son invention à partir de ce dépouillement salutaire. Ce à quoi nous invite le théâtre de Prévert.

Pour jouer avec plaisir et bonheur une pièce, il est bon de lire et relire le texte de très près et de se laisser guider par les images intimes qu'il suscite. En accordant les indications de l'écrivain et l'imagination des acteurs, l'on créera une atmosphère qui donnera l'illusion et le sentiment de la vie, quelle que soit la pauvreté des moyens.

Loi n° 49-956 du 16 juillet 1949
sur les publications destinées à la jeunesse
ISBN : 978-2-07-064705-7
Numéro d'édition : 241806
Premier dépôt légal dans la même collection : février 2000
Dépôt légal : juillet 2012
Imprimé en Espagne par Novoprint (Barcelone)